RONALDO GONÇALVES DE OLIVEIRA

FALA AÍ, PROFESSOR!

Ilustrações de Kate Monteiro Peixoto Braga
Rio de Janeiro – Brasil

ÍNDICE

Fala aí, Professor! é um livro de crônicas que, com refinado humor, mostra o cotidiano do professor brasileiro nos diferentes níveis de ensino. Não pretende tematizar as condições da Educação no Brasil, entretanto, não foge, através de seu estilo bem-humorado, às barreiras enfrentadas por profissionais engajados na construção de uma sociedade mais justa.

Mostrando enorme simplicidade, as crônicas apresentadas pretendem universalizar suas personagens, humanizando-as à esfera do professor comum, aquele que anonimamente luta de maneira incansável por uma formação mais humana, que considere valores que hoje parecem perdidos.

O livro tem a pretensão de contextualizar situações absurdas, graciosas e inimagináveis em uma sala de aula. Acima de todos os objetivos está o de oferecer um material rico em graça. Proporcionar a diversão do leitor é a razão desta obra.

Ronaldo G. Oliveira

HIDROCELE

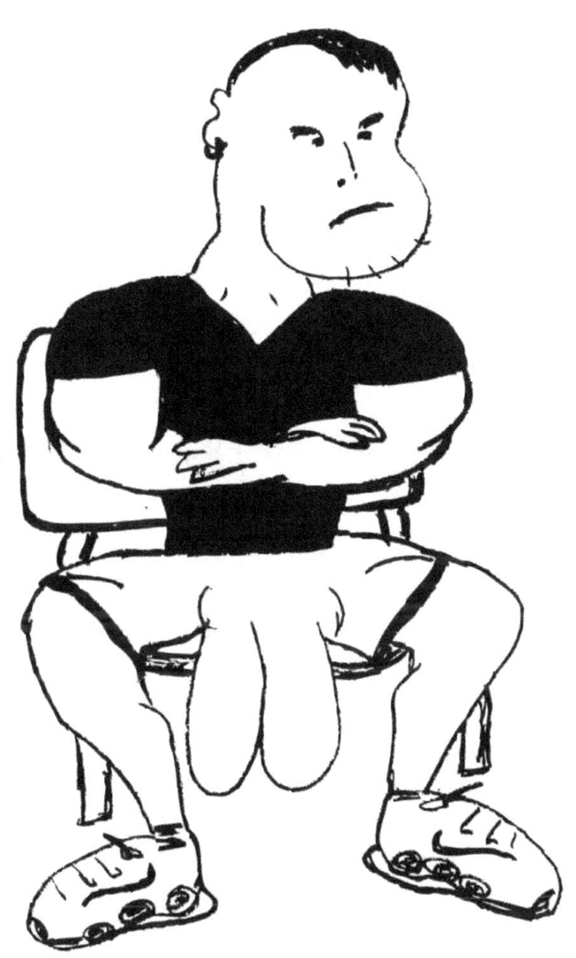

Um certo professor de língua portuguesa de uma certa escola de classe média alta do Rio de Janeiro dirige-se à sala 02 no último tempo de aula do turno da manhã, quando aplicaria uma prova de Espanhol. Já cansado dos cinco tempos dados anteriormente nessa mesma manhã em turmas de oitava série com alunos no auge da rebeldia e do descaso, entra na sala. Os discentes encontram-se alvoroçados, todos de pé, circulando pela sala e falando cada vez mais alto, pois nessas situações não conseguem escutar nem o próprio som das suas vozes.

O professor analisa rapidamente a situação. Não há outro jeito. Grita:

-Vamos sentar!.

Nada acontece. O barulho infernal continua. Eles continuam caminhando pela sala como se não tivessem ouvido nada. O professor tenta outra vez, mais uma tentativa inútil. Começa a pensar numa forma de sensibilizar aquelas "amáveis e educadas crianças" e grita novamente:

-Olhem, eu não tenho pressa, mas não fico um minuto além de meio-dia e meia. Quando vocês resolverem se sentar, começo a prova. Lembrem-se: bateu o sinal, recolho as provas.

Com este pedido tão sutil e amável, os alunos foram se sentando devagar e assumindo suas posições costumeiras: quase deitados nas cadeiras. Meninas sentadas de lado, contando às colegas casos do baile da noite passada e meninos com as pernas bem abertas e caras de afronta ao professor. Vendo o tempo passar e tendo a certeza de que se atrasasse muito para começar a prova, teria certamente que ficar depois do horário, dando mais tempo para que os alunos terminassem a prova, pensou que tal atraso lhe criaria muitos problemas, pois, saindo dali, daria mais não sei quantas aulas em outros tantos colégios. Ficou nervoso e falou num tom notadamente de autocontrole:

- A galera da hidrocele, por favor, sente-se direito.
Um aluno pergunta:

- Professor, o que é hidrocele?
Era a oportunidade perfeita para o seu desabafo completo. Ele prontamente responde:

- É água no saco escrotal. Vocês devem estar com os sacos enormes, cheios d'água, porque não conseguem fechar as pernas de jeito nenhum!

ABRA UMA PADARIA, VOCÊ VAI FICAR RICA!

Um professor de Matemática muito querido pelos alunos e muito preocupado com eles chega numa segunda-feira, às sete horas da manhã, à sala 01, numa certa turma de oitava série, com as provas que levara na sexta-feira para casa e por elas passara todo o fim de semana na árdua tarefa da correção. Em meio a uma avalanche de perguntas, todas do mesmo tipo: Tirei boa nota? Minha prova foi boa? As provas foram boas? Sem ter tido tempo de responder nem sequer a uma das perguntas feitas, escuta uma voz grossa que vem do fundo da sala:

- Pô, entrega logo isso aí! Fica enrolando! Fala sério!

Olhou o amável aluno bem no fundo de seus olhos. Pensou rapidamente e achou que a melhor estratégia seria o silêncio. Não falou nada e começou a chamar os nomes dos alunos para a entrega das provas. Chamou uma aluna, que, segundo sua mãe – que depois do episódio que lhes contarei fora imediatamente à escola tomar satisfações com a Coordenação Pedagógica, pedindo medidas enérgicas contra o professor – é muito inteligente e interessada. Nós que somos seus professores e convivemos com ela a metade do dia, talvez mais tempo que a tal mãe que fora exigir punição para o professor, não conseguimos ver com nitidez essa dita inteligência. Quanto ao interesse, esse, só se estiver bem no fundo, mas tão no fundo de seu ser que ninguém que convivesse com ela por anos a fio, buscando esse tal interesse, conseguiria encontrá-lo. Essa aluna, de costas para o professor e conversando muito animadamente com uma coleguinha, não ouviu o chamado de seu nome. O professor chamou novamente e novamente, pois sabia que a criatura estava presente, mas ela não o escutou. Quando alguém lhe avisou, ela se levantou e veio um pouco contrariada por ter sido incomodada na sua conversa. Recebeu a sua prova: zero! Olhou. Fez uma cara de desdém.

Sentou-se e continuou a conversa de onde havia parado. Bastante incomodado com a indiferença, o professor disse-lhe:

> - Estou muito preocupado, "Mariazinha", com as suas notas. Com este, já é o terceiro zero que você tira. O que está havendo?

Ela, agora mais irritada ainda por ter sido interrompida novamente em sua conversa, olha-o com desprezo e lhe diz:

> - Eu não estou nem um pouco preocupada.

Essa resposta era o que faltava para que a sua pressão arterial subisse e ele explodisse num desabafo, mas como o medo do desemprego ainda faz parte do inconsciente coletivo do brasileiro, parou um instante. Pensou no que iria dizer e, criando algum argumento pelo qual pudesse extravasar a sua ira, disse-lhe calmamente:

> - Então, faz o seguinte: abre uma padaria e ganhe dinheiro vendendo roscas. Pra começar você nem precisa fabricar nenhuma porque já tem três. Se continuar assim, vai ficar rica.

Deu as costas e continuou a entrega das provas.

QUE CARA CONVENCIDO!

Um certo professor de Espanhol, bem conceituado nas Instituições onde lecionava e muito querido por seus alunos, preparou uma aula com música, já que seu objetivo para aquela aula era o de praticar a compreensão auditiva da língua em questão. Como, no livro texto, adotado para aquela série, primeiro ano do Ensino Médio, estava trabalhando aspectos culturais dos países hispano-americanos, selecionou a música *Canción con todos*, interpretada por um cantor peruano. Dizia a letra da canção:

Salgo a caminar
Por la cintura cósmica del sur
Piso en la región
Más vegetal del tiempo y de la luz
Siento al caminar
Toda la piel de América en mi piel
Y anda en mi sangre un río
Que libera en mi voz
Su caudal.
Sol de alto Perú

Nesse momento uma aluna, confundindo a pronúncia da palavra *sol* com a primeira pessoa do presente do verbo ser – sou – estando sentada na primeira fila de carteiras, interrompe a audição e grita: "

- Pô, professor, que música escrota!
E, tomando a frase *Sol de alto Perú* por uma autopropaganda do cantor que, segundo a sua compreensão, estaria referindo-se aos seus dotes fálicos, completou:

- Ainda por cima, o cara é o maior convencido, aí!
É óbvio que esta aula foi para o brejo.

A PRESSA É INIMIGA DA PERFEIÇÃO

Um certo professor de português, que lecionava em importantes instituições federais e particulares no Ensino Médio e Superior, era considerado pelos colegas uma pessoa muito amável e competente, mas um pouco distraída. Trabalhando em cinco lugares diferentes e, ainda, assistindo às aulas teóricas no curso de mestrado em linguística aplicada ao ensino de língua portuguesa, chegava a casa completamente sem forças. Às vezes, dormia sentado no sofá da sala e só se recolhia à cama quando acordava no meio da noite com dores na coluna. Nesses momentos, caminhava meio bêbado de sono até o quarto, tirava a roupa e se jogava na cama completamente nu. Vestir o pijama? Nem pensar. Não tinha essa disposição àquela hora da madrugada cansado como estava. Num desses dias, retirou a calça jeans e a cueca de uma só vez para poupar trabalho e as jogou sobre uma esteira mecânica que comprara para fazer exercícios físicos, mas que só servia mesmo para pendurar as roupas. Quando acordou, às cinco e meia da manhã, bêbado de sono, percebeu que já estava muito atrasado, pois, antes de entrar em sala de aula, teria que preparar uma prova que seria aplicada neste mesmo dia e, certamente, não haveria outra oportunidade durante o dia. Lembrou que o material que já havia selecionado como guia para a elaboração das questões ficara, por descuido, no último colégio em que dera aula até o último horário da noite passada, 23h10min. Quase enlouqueceu. Não havia tempo para tomar nem um cafezinho. Banho? Nem pensar. Se fosse tomar banho, aí sim, estaria perdido. Pegou uma cueca limpa na gaveta do armário, rapidamente vestiu a mesma calça jeans que jogara na esteira, pôs uma camisa qualquer e saiu correndo. Já na sala de aula, enquanto caminhava de um lado a outro diante dos alunos sentados e muito atentos, olhou para os sapatos viu a cueca suja que tirara junto com a calça jeans na noite anterior saindo-lhe pela boca da calça. Quase morreu de vergonha, mas percebeu que ninguém havia notado ainda. Deu um jeito de fazer com que a tal cueca acabasse de sair e, continuando as caminhadas que dava pela sala, chutou-a para longe de si. Quando estava bem longe da ingrata peça do vestuário íntimo masculino, deu um grito repleto de espanto simulado:

- O que é isso? Meu Deus! É uma cueca? Jesus! Que loucura! O que esta cueca está fazendo aqui? Pertence a algum de vocês? Falem a verdade.

Continuou, então, a sua encenação até resolver pegar a cueca para jogar na lata do lixo. Quando o fez, os alunos o repreenderam:

- Professor, não pega nisso não, tá doido?

Ao que ele tranquilamente respondeu:

- Não tem problema. Estou com as mãos sujas de giz mesmo. Só mais uns minutos e vou ao banheiro lavar as mãos. O que não pode é esta cueca ficar aqui, rolando pelo meio da sala! Que absurdo!

YES

Um certo aluno universitário, empresário bem sucedido, no auge dos seus quarenta anos, que neste relato chamaremos de João, tinha uma facilidade impressionante para o raciocínio matemático, não se podendo dizer o mesmo no que concernia às línguas. Muito encantado com a dinâmica de seu professor de Espanhol, dedicava-se com afinco às tarefas dessa matéria e nunca faltava às aulas. Não obstante todo esforço para aprender a falar o idioma de Cervantes, tinha sérias dificuldades de pronúncia e pouca capacidade de fixação das estruturas frasais. Todos os outros alunos observavam tal fato, mas vendo o seu esforço, ajudavam-lhe no que podiam. Certa aula, enquanto, em grupos, elaboravam um diálogo situacional, ouviram-se umas risadas vindas de um dos grupos que estava num canto da sala. O professor pergunta o que tinha acontecido e um deles diz que o diálogo que estavam preparando reproduziria uma compra numa loja onde o gerente seria o João. Este papel seria encenado por um outro aluno que tentaria reproduzir as falhas cometidas em sala de aula pelo nosso protagonista. O professor, então, na tentativa de "consertar" a brincadeira de mau gosto e no afã de levantar a autoestima do tal aluno com dificuldades, quis fazer-lhe um elogio e disse em espanhol:

> - A propósito, gostaria de falar na presença de todos sobre o crescimento do João que, apesar das dificuldades para o espanhol, com seu esforço, está conseguindo brilhantemente começar a conversar nesta língua. Não é mesmo João?"

Ao que, prontamente, ele, que estava de costas para o professor pela posição em que se encontrava em seu grupo, virou-se e disse muito seriamente:

> - Yes.

MUITO PRAZER, EU SOU A BRANCA DE NEVE!

Uma professora de Desenho de um certo colégio de classe média alta, apresentando-se à turma e pedindo que os alunos também se apresentassem, considerando que era a primeira aula do ano letivo, perguntava-lhes seus nomes. Quando chegou em um determinado aluno, disse:

- Você, jovem, qual é o seu nome?

Ao que o menino respondeu meio de "saco cheio" por estar começando mais um ano letivo:

- Ben Hur.

Verdadeiramente, o nome do garoto era Ben Hur.

A professora, na certeza de que estava sendo sacaneada, disse-lhe:

- Muito prazer, eu sou a Branca de Neve!

VOCÊ É CASO DELE?

A professora de inglês do colégio XYZ, dando dois tempos de aula para uma turma de oitava série considerada a pior do colégio em disciplina e aprendizado, já não estava mais aguentando tanta conversa, risos, gritos e outros sons estranhos a uma aula, mas peculiares a alunos na faixa etária dos 13 aos 15 anos. Pedia, insistentemente, para que se fizesse silêncio, na esperança de conseguir cumprir o programa previsto para aquele bimestre. Quando chamava à atenção algum aluno em particular, este lhe contestava com argumentos desprovidos de qualquer fundamento, coisas que eles sempre usam para se justificarem. Por exemplo: "Ah, professora! Está todo mundo falando, por que a senhora vem dar esporro só em mim?" Em alguns casos, o professor, nessas situações, fica sem argumentos. Aí, é a falta de controle total. Mas voltando à nossa *english's teacher*, encontramo-la completamente nervosa entre o descaso dos alunos e a necessidade de cumprir o programa estabelecido. Sai da sala e dirige-se ao banheiro. Lá, chora. Em poucos minutos, milhares de pensamentos passam pela sua cabeça: quer abandonar o magistério, pensa em ir embora daquele colégio, cogita a possibilidade de pôr uma meia dúzia de alunos para fora de sala, mas o que diriam os coordenadores pedagógico e de disciplina? Com certeza, falariam que ela não estava exercendo o controle de turma. Que tipo de professora achariam que ela era? Refez-se e voltou à sala. A impressão que teve foi a de que os alunos notaram seus olhos marejados e aumentaram o barulho. Mandou que um determinado aluno se retirasse de sala. Quando o fez, um outro, cujo jeito afeminado era evidente, tomou as dores do colega e disse:

    -Você tá maluca, professora? O cara não fez nada e você tá botando ele pra fora de sala?

Ela, sem parar para pensar, respondeu:

    - Respeite-me porque eu não a sua mãe. Eu sei porque o pus fora de sala e se você continuar a me desrespeitar, vou mandá-lo também.

O aluno, agora, muito irritado com a resposta recebida, falou numa atitude de afronta:

    - A mim não. Eu não estou fazendo nada. Vai me botar fora de sala por quê?

A professora, agora usando a ironia tão inerente ao ser humano, mas que no caso dos professores só é utilizada em situações extremas, detonou a seguinte pérola:

- Então não sei por que você está se doendo. Você é caso dele?

É óbvio que esta professora não voltou mais ao colégio XYZ. Só foi vista novamente no dia da rescisão de contrato.

O CONSELHO DE CLASSE

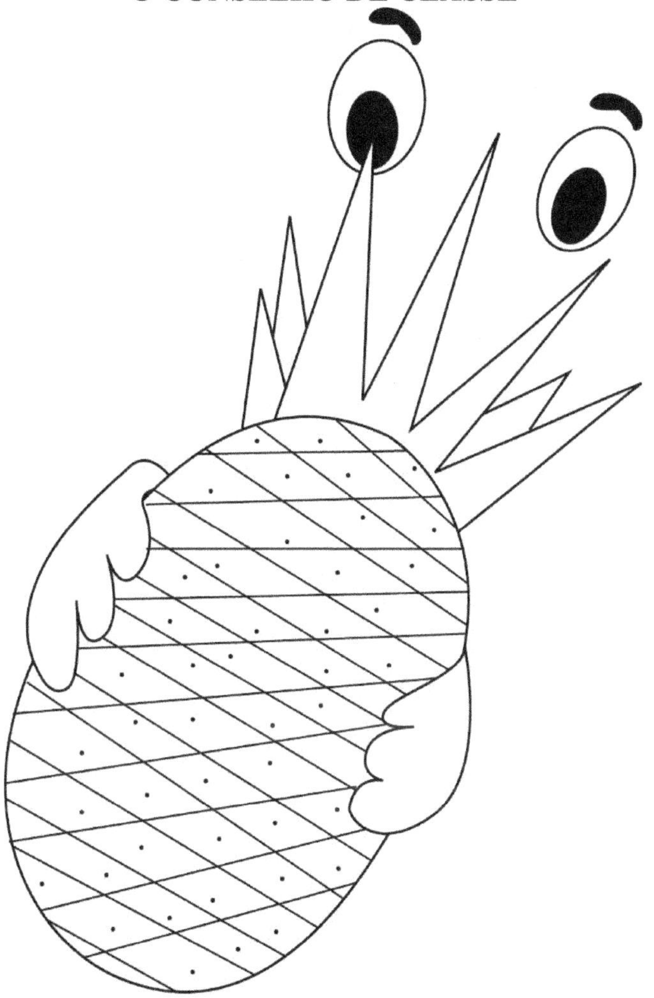

Num colégio religioso, fazia-se a montagem das turmas com a participação dos professores, daí aproveitarem o Conselho de Classe para essa tarefa, momento em que todos os professores estariam reunidos. Havia aí nesse grupo um professor considerado muito calmo e que não contestava nenhuma decisão. Tipo de pessoa que não sabe dizer não. Iam falando os nomes dos alunos e dividindo-os por turma. Vale ressaltar que, neste colégio, cada professor é responsável por uma turma.

A cada nome de um mau aluno, ouviam-se os comentários negativos e as recusas dos professores em receberem tais alunos em suas turmas. Então encaminhavam-nos à turma do professor Carlos, o tal que não sabia dizer não. O nosso caro mestre, inicialmente, recebia-os de braços abertos, dizendo:

> - Ninguém quer o *fulaninho*? Está bem, eu fico com ele!

Mas o volume de maus alunos foi aumentando e o nosso docente foi se irritando com a situação de desigualdade das turmas, egoísmo dos colegas e abuso ao acharem que ele era incapaz de reclamar, gritou:

> - Pô, espera aí! Só estão me mandando abacaxi! Será que eu tenho cara de feirante?

O GEL

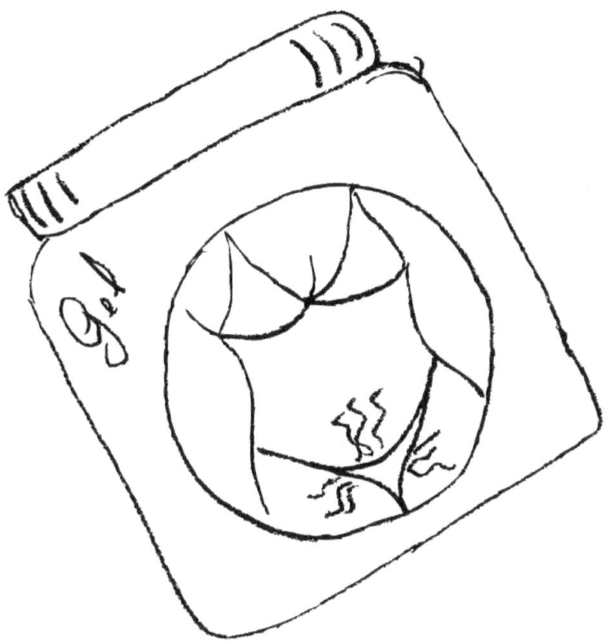

Uma professora de literatura adotou um livro de um conhecido escritor português para a análise bimestral. O processo normal para esta didática era o seguinte: a leitura e escolha do livro pelo professor, a indicação do mesmo para os alunos, os comentários e discussões sobre a história e seus paralelos e uma avaliação que aconteceria ao fim do bimestre e que atribuiria grau aos alunos naquela disciplina. Todas estas etapas foram cumpridas pela professora, mas quando abordava em sala de aula o tema proposto pelo livro e a história em questão, notava que a maioria dos alunos não estava muito por dentro do assunto. Chegou o dia da prova que os avaliaria sobre o dito livro. Muitas perguntas! Muitas dúvidas! Dúvidas estas que não surgiram nas explanações da professora em aula, mas que agora apareciam aos montes. No início, a professora foi explicando algumas coisas e, como os alunos observaram que ela demonstrava boa vontade para aclarar as questões, foram se aprofundando nas perguntas a ponto de começarem a perguntar sobre a própria história que eles deveriam saber de cor e salteada. Esse conjunto de coisas e a constatação de que a maioria dos alunos não lera o livro foi deixando-a irritada e decepcionada. Surge uma voz grossa do fundo da sala que diz:

- Fessora, num entendi nada desse treco aqui.

Ela lhe pergunta:

- Que treco, meu filho?

Ele lhe responde:

-Vô lê pa sinhora – *"Nenhum infame há de aqui pôr um pé nas alcatifas de meus avós"* – Fessora, que que é infame...alcatifas...pô! Esse cara que escreveu isso perdeu a linha. Mandou malzão, aí!

A professora, que neste momento já estava quase fora de si por tudo que estava constatando naquela turma e que, com esse comentário do aluno, teve a comprovação de sua desconfiança: os alunos não leram o livro e o trabalho de dois meses foi para o brejo, reuniu forças para não estourar e permitiu-se extravasar pela ironia:

- Meu querido, esse cara que escreveu isso se chama Camilo Castelo Branco, famoso escritor português! E eu não acredito que você não saiba o que significa a palavra alcatifas. Você não ouve rádio?! Isso está sendo anunciado em todas as rádios do Rio de Janeiro! Alcatifas é o nome do novo gel para modelar pentelhos rebeldes. Quando a pessoa tem pentelhos muito rebeldes e, por exemplo, coloca um biquíni ou uma sunga e os fiapos ficam saindo à mostra, o que é muito desagradável, então mistura-se um pouco de alcatifas com uns grãos de infame e passa-se nos teimosos pelos, o que imediatamente os acalma, poupando os pentelhudos do vexame. Entendeu?

HOMEM ACALMA?

A professora de Artes, Raimundinha, lecionava em um colégio militar, tinha lá o seu jeito explosivo e de maneira alguma admitia levar desaforos para casa. Sempre que lhe agrediam verbalmente, a resposta era imediata e à altura da agressão.

Esse era um dos colégios em que trabalhava e de onde sacava o seu melhor salário.

Sabedora, por experiência própria, que alguns militares usam a farda para intimidar ou causar impacto quando lhes convêm, Raimundinha já estava acostumada a lidar com eles e, na medida do possível, levava bem tal relacionamento.

Nesse regime militar, é sabido que a disciplina é matéria de primeira ordem e que os alunos, quase que em sua maioria, mantêm o respeito pelo professor por medo das sanções que lhes seriam aplicadas em caso de rebeldia. Mas, em uma das turmas em que lecionava a professora Raimundinha, havia um menino de mais ou menos quatorze anos que não conseguia adequar-se à disciplina imposta. Era causador de problemas em quase todas as aulas. Sempre que a nossa professora entrava em sala, o tal jovenzinho pedia-lhe para ir ao banheiro. Isto, durante algum tempo, passou despercebido aos olhos de Raimundinha. Chegou, então, o momento em que a professora começou a observar que tal pedido era uma constante e que o aluno levava algum tempo a mais do que seria o natural para ir à toalete, levando-se em consideração a distância da sala e o tempo que leva um ser humano para realizar as suas necessidades fisiológicas. Intrigada com tal fato, a docente pediu informações a outros professores que lhe disseram que com eles não acontecia o mesmo. Percebeu que o problema era com ela especificamente.

Chegou ao colégio àquele dia muito cansada e estressada, pois viera de uma escola particular de complicadas relações entre professores, coordenadores e alunos. Assim que entrou em sala, veio o pedido. Resolveu que não autorizaria. Disse ao aluno que esperasse um pouco. Que naquele momento não deixaria. O aluno, prontamente reafirmou que precisava ir ao banheiro. Ela, mantendo-se firme na decisão e acreditando que o tal aluno estava arranjando pretextos para fugir de sua aula, mandou que ele se sentasse e aguardasse o momento em que ela dissesse que ele poderia ir. Ele lhe falou exatamente nestes termos:

- Professora, vou mijar aqui na sala. Na frente de todo mundo.

Ela, irritando-se com a afronta do menino, respondeu:

- Meu filho, faça o que quiser, mas, ao banheiro, você não irá agora.

O garoto cumpriu a promessa. Imaginem o alvoroço que causou na sala de aula. Raimundinha retirou o aluno de sala imediatamente. Vale esclarecer que um aluno retirado de sala neste colégio é punido com pelo menos três dias de suspensão, o que mancha a sua ficha, denigre a sua imagem e desabona a sua conduta, podendo levá-lo à expulsão.

Passados alguns dias, veio o pai do aluno em questão para conversar com a professora. Chegando ao SOP (Serviço de Orientação Pedagógica), fardado e com todas as medalhas que tinha, disse que queria conversar diretamente com a professora Raimundinha, pois queria entender bem o que se passara. Chamaram-na. O diálogo foi mais ou menos assim:

Pai: - Professora, eu quero saber o que aconteceu na sala pra senhora ter retirado o meu filho.

Professora: - Seu filho estava fugindo da minha aula com a justificativa de ir ao banheiro. Depois de alguns dias, percebi que isto era uma constante e, logicamente, decidi impedi-lo de "matar" a minha aula. Ele, então, para afrontar-me urinou no chão da sala.

Pai: - A senhora acha que isso é motivo para a suspensão. O menino estava com vontade fazer xixi. A senhora não deixou. O menino resolveu o problema na sala mesmo.

A professora já perdendo a paciência pelo acobertamento do pai e pelo tempo que estava perdendo, pois deixara a turma sozinha para atendê-lo, revolta-se.

Professora: - Bom, se na sua casa ele urina no chão da sala isso é problema seu, mas aqui ele vai ter que ir ao banheiro e só quando for autorizado para isso.

Pai: - Professora, a senhora sabe com quem está falando? Acho melhor a senhora se acalmar. Está muito nervosa, por isso é que fica suspendendo todo mundo. A senhora tem que separar as coisas. Não pode ficar jogando as suas frustrações em cima dos alunos. A senhora tá precisando é de um homem pra se acalmar. Arranja um homem que logo logo a senhora vai ficar calminha.

Professora: - Bem, estou falando com um pai de um aluno sem limites. Um pai que está me impedindo de dar a minha aula, ou seja, atrapalhando a minha vida. E quer saber? Quem está nervoso é o senhor, porque eu não estou lhe faltando com o respeito, mas o senhor está. E já que o senhor está me indicando um homem... eu não sabia que homem acalmava. Homem acalma? Então, arranja um pro senhor. Quem sabe não resolve o seu problema e o senhor para de me encher o saco? Vá pro inferno!

PROFESSOR, É ESSE PAPEL?

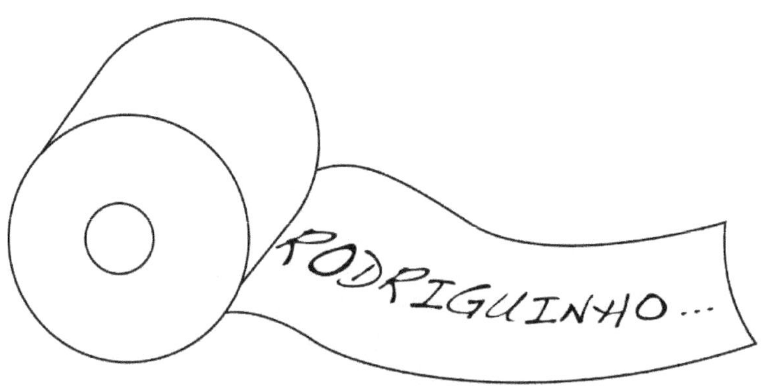

Num colégio de classe média alta onde a questão disciplinar era levada bem a sério. Numa turma de cinquenta alunos adolescentes, que tinha acabado de voltar do intervalo de meia hora para o lanche, os alunos estavam no auge da agitação e da conversa. Num dia quase insuportável de verão do Rio de Janeiro e numa sala de aula sem ar condicionado com alguns ventiladores que mais pareciam turbinas de avião, um professor de Álgebra do Ensino Médio, às 10h40min, entra na sala para a quinta aula do dia. Disputando com a gritaria dos cinquenta alunos e com o barulho dos ventiladores, pede silêncio para começar a aula. Obviamente, não é ouvido. Tenta novamente e, novamente, não é ouvido. Fica parado diante da turma na tentativa de sensibilizar e amedrontar os alunos. Nada funciona. Parece que tudo está perdido para aquela aula, pois se vê numa situação de descontrole total. Resolve então escrever no quadro. Enche o quadro de matéria e no final escreve com giz colorido: esta é a matéria da prova. Os alunos começam a se acalmar e, aos poucos, começam a prestar atenção. Entretanto, um aluno, o Rodriguinho, não para de falar e fica tentando puxar assunto com colegas que estão sentados bem distantes dele. O professor começa a explicação da matéria que havia posto no quadro. O Rodriguinho atrapalha. O professor o chama à atenção. Inútil. Vários foram os pedidos para que esse aluno ficasse quieto, mas nada o sensibilizou.

Havia, nesse colégio, um formulário que se preenchia quando se advertia um aluno ou quando este era retirado de sala em casos mais extremos. Este papel era mais ou menos a metade de uma folha A4 onde constavam nome do aluno, turma, nome do professor, matéria, hora da ocorrência, e espaço para o relato do fato ocorrido.

O professor, depois de insistentes solicitações para que o Rodriguinho se mantivesse na postura adequada à aula, avisou-lhe que o estava advertindo por escrito, mas deixou para preencher o formulário quando saísse da sala. O referido aluno continuou com o mesmo comportamento, o que levou o professor a pedir que ele se retirasse e fosse buscar o tal papel, mas, já muito nervoso e sem se lembrar do nome que davam ao formulário, disse-lhe:

     - Sai da sala, pega aquele papel e traz aqui.

Nesse momento, o aluno que estava importando-se muito pouco com a aula ou mesmo com alguma sanção disciplinar, levantou-se sorrindo com ar de deboche. Foi ao banheiro e voltou com um pedaço de papel higiênico, perguntando:

     - Serve esse papel aqui, professor?

O professor, por tudo o que já foi relatado e pela ironia do aluno, virou-se numa tranquilidade extremamente simulada e disse-lhe:

- Serve! Esse papel, além de limpar a sua bunda suja, serve para limpar a sua mente que no lugar de cérebro tem um intestino grosso.

E agora, aos gritos, ordena: -Vai agora buscar o papel certo antes que eu enfie este pela sua goela abaixo.

No final de tudo, o aluno ainda saiu de vítima e o professor foi repreendido pela Coordenação.

O RELEVO

Um professor de Geografia, nos seus adiantados sessenta e cinco anos de idade, ainda lecionava em colégios particulares, pois as aposentadorias do Estado e do Município não lhe eram suficientes para as despesas. Tinha um filho estudando no exterior e precisava custear os estudos dele que ainda dependia de sua ajuda financeira. Excelente profissional, buscava sempre novas e interessantes maneiras de ensinar. Muito sério e exacerbado crítico da forma descompromissada do jovem moderno levar a vida, era alvo de brincadeirinhas de mau gosto por parte alunos. Todos os dias um aluno levava-lhe uma maçã que, após esfregá-la na blusa, oferecia-lhe, imitando um costume norte-americano. Outras vezes, quando este mestre entrava na sala, os alunos se levantavam e o aplaudiam por longos minutos. Tudo fazia parte de um plano para ridicularizá-lo.

Certo dia, após ter preparado cuidadosamente uma aula que aconteceria no terraço do colégio, de onde podiam ver o relevo da Baixada de Jacarepaguá, bem como estudar mais detalhadamente a formação das lagoas, tomando como exemplo a de Marapendi, subiu com a turma.

Começada a aula, um aluno mais atrevido posicionou-se detrás do professor e começou a dar-lhe tapinhas nas costas. O docente olhava para um lado e não via ninguém. Olhava para o outro e nada. Depois de algum tempo e de boas gargalhadas dos alunos, viu quem estava fazendo-lhe de bobo. Virou-se de repente e flagrou o sacana. Deu-lhe um empurrão, espalmando-lhe as mãos no peito. O menino caiu assustado e correu diretamente para a coordenação, dizendo:

-O professor me bateu!

Passado o espanto de todos e apurados os fatos, levou-se em consideração o empenho do professor e a inconveniência do aluno. Ficou tudo por isso mesmo.

DEIZ NÃO É IGUAL A TREIZ?

Um idoso professor de português, no fim de sua carreira, faltando-lhe apenas um ano para a tão esperada aposentadoria, aplica uma prova bimestral numa turma de Ensino Médio composta por alunos de vários Estados do Brasil - o colégio pertencia a uma rede nacional de ensino profissionalizante e ministrava um curso que só havia nesta unidade do Rio de Janeiro - o que resultava em turmas muito heterogêneas e níveis culturais bastante diferenciados.

O nosso mestre chega na segunda-feira com as provas que havia corrigido no fim de semana para entregar aos alunos que, ansiosos, esperavam os resultados. Chamou o Joãozinho para receber a sua prova. Imediatamente o aluno percebeu uma correção feita com caneta vermelha pelo professor. Disse ao mestre:

- Professor, por que o senhor me tirou ponto deste item?

O docente, impressionado com a falta de percepção de um aluno da segunda série do Ensino Médio, respondeu-lhe:

- Meu filho, a palavra **dez** não tem **i**, não se escreve ***deiz***.

O aluno, então, meio confuso e desconsertado, perguntou-lhe:

- Professor, **deiz** não é igual a **treiz**?

Graças a Deus, nosso tão estimado mestre conseguiu se aposentar.

JÁ NÃO DISSE PRA VOCÊ FAZER ISSO EM CASA?

Um pai de um aluno de quatorze anos que cursava a oitava série do Ensino Fundamental é chamado à escola para conversar com a coordenação pedagógica e com o serviço de psicologia aplicada. Seu filho fora flagrado com cocaína dentro da sala de aula. O menino levava a droga para a escola e a escondia dentro do buraco da tomada. Retirava, com uma pequena chave de fenda, o espelho protetor da tomada e guardava a droga ali para ser usada no recreio e compartilhada com os coleguinhas. Os alunos usuários sabiam desse esquema e iam diretamente e discretamente à fonte quando tinham oportunidade. O inspetor, percebendo a movimentação na sala na hora do recreio; momento em que lhes era proibida a entrada, pois trancava-se a mesma para evitar que alunos mexessem em pertences alheios; começou a desconfiar de tantos pedidos para que abrisse a sala, com a justificativa de pegarem algo na mochila. Pôs-se de prontidão até perceber que todos os que entravam dirigiam-se à mesma direção. Descobriu. Relatou à coordenação. Apuraram. Chegaram ao traficante mirim.

O coordenador, pessoa muito tranquila, educada e comprometida com a formação dos alunos de seu segmento, ficou transtornado com a descoberta e preocupadíssimo com a forma de lidar com aquilo, considerando o cuidado que deveria ter para não desesperar os pais; além da preocupação de recuperar o aluno. Dividiu o problema com a psicóloga do colégio e ambos resolveram chamar isoladamente o pai, pois acreditavam ser a figura mais forte e com mais autoridade com o adolescente em questão. Fizeram-no. À hora marcada, lá estava o responsável, muito contrariado por ser incomodado e obrigado a desviar-se por algumas horas de sua rotina. Pediram que o inspetor trouxesse o aluno, que estava assistindo à aula. Encontram-se na sala da coordenação os quatro personagens envolvidos na situação: coordenador, psicóloga, pai e aluno. Pergunta o pai:

> - Por que fui chamado? Se for nota baixa, não tem problema, eu o coloco em aulas particulares no fim do ano e ele acaba passando.

O coordenador, com muito jeito, diz-lhe:

> -Temos um problema muito sério acontecendo com o seu filho, notas são só detalhes neste momento. O rapazinho está usando drogas. Encontramos cocaína na sala, e ele é o responsável por trazer a droga, inclusive, para distribuir aos amigos.

O pai foi ficando tenso e nervoso. O garoto demonstrava-se muito tranquilo. Foi quando, de repente, o pai, que estava sentado ao lado do filho e em frente ao coordenador e à psicóloga, levanta-se, dá um tapão na cabeça do moleque e diz:

> - Filho da puta! Eu já não te disse pra você usar essa porra em casa? Ainda fica dando para os outros! Tá pensando que eu tô cagando dinheiro?!

O aluno foi, "gentilmente", convidado a se retirar dessa escola...

O PROFESSOR MACUMBEIRO

Um conceituado professor de Literatura do Ensino Médio recebe o convite para ir a um centro cultural onde estava acontecendo uma exposição de arte contemporânea. Fica entusiasmado com o convite e resolve levar a sua turma de segundo ano. Não toma o cuidado de ir ao local com antecedência para verificar o ambiente, tampouco preocupa-se em saber se havia dias específicos para a mostra. Marca com os alunos. Encontram-se no centro da cidade e dirigem-se ao tal lugar. Caminham pelas ruas conversando animadamente. Percebem que chegaram à rua e procuram o número indicado. Encontram um sobrado que não possui nem sequer um letreiro. Sobem e se deparam com um auditório. O professor pede aos alunos que se sentem e vai em busca de informações. Percebe, agora, que o ambiente em penumbra conta com a iluminação de algumas velas em castiçais muito elegantes que remontam o século passado. Pensa:

    - Acho que faz parte da exposição um espetáculo teatral.
Encontra um rapaz vestido de branco e pergunta-lhe:

    - Onde está acontecendo a exposição?
O rapaz lhe responde:

    - A exposição é só aos domingos, mas vamos ter agora a abertura dos trabalhos. É a primeira vez que você vem aqui?
O professor confessa-lhe que sim e pergunta-lhe:

    - Os trabalhos apresentados são interessantes?
O rapaz muito entusiasmado responde:

    - Muito. Você vai gostar bastante, é de arrepiar!
O professor regressa para os alunos e, meio sem graça, pede-lhes desculpas por não ser o dia da exposição, mas na tentativa de se regenerar, apresenta-lhes a alternativa de assistirem a uma mostra de trabalhos que acontecerá ali. Os alunos concordam (gostavam muito de seu professor e não queriam desapontá-lo). De repente, entram uns caras de branco: um deles trazia um tipo de defumador perfumado e os outros, que o seguiam, formando uma pirâmide, tinham nas mãos os quatro elementos da natureza. Silêncio sepulcral. Ouve-se um grito que ecoa e arrepia até os pelos mais íntimos do nosso amado mestre:

    - Gnomos, salamandras, ondinas e silfos, venham até mim. Eu vos convoco e vos agrego para a magia da noite de hoje!
Os alunos começam a se remexer nas cadeiras e a provocarem uns sussurros com as suas observações uns com os outros. O professor começa a se encolher na cadeira, percebendo a besteira

que tinha feito. Uma aluna, até então calada, não aguenta mais, e, sendo seguidora da igreja Universal do Reino de Deus, decide que tem a missão de, em primeiro lugar, repreender seu professor e, em segundo, repreender o satanás. Grita, e sua voz reverbera pela sala escura:

> - Pô, professor, isso aqui é uma macumba! O senhor é macumbeiro? Tá amarrado! Eu vou repreender o inimigo agora!

Que situação! O mestre não sabe o que vai fazer. Todos, alunos e frequentadores do centro esotérico, lançam um olhar indagador em sua direção. Ele pensa no amigo que o convidou para a exposição. Que vontade de matá-lo! "Que vontade de matar-me!" Levanta-se, dirige-se à porta de saída onde se depara com um participante do ritual que estava, estrategicamente, posicionado ali para a troca de energia com o ambiente externo (soube disso depois de atrapalhar a meditação do tal participante). O rapaz, abrindo um só olho, viu-o   aproximando-se e disse-lhe:

> - Sente-se, não pode fazer barulho!

Ele   lhe respondeu:

> - Estou indo embora.

O rapaz lhe informou que não se podia sair antes do término da primeira parte, pois, se o fizesse, carregaria toda a negatividade do ambiente. Como é uma pessoa educada, respeitadora de todas as religiões e, como bom brasileiro, extremamente supersticioso, resolveu voltar e sentar-se para esperar o fim da primeira parte do ritual, sem imaginar que o pior ainda estava por vir: virou-se para voltar ao seu lugar e se deparou com a tal aluna frequentadora da igreja Universal do Reino de Deus que se levantara para saber o que estava acontecendo. Disse-lhe o professor:

> - Florisbela, desculpe-me! Eu não sabia que isso aqui era um templo esotérico. Falei com o rapaz da portaria, mas ele me disse que não podemos sair agora. Só quando terminar a primeira parte. Vamos esperar um pouquinho.

A aluna, alteradíssima e convicta de que fora enviada ali por Deus para desfazer aquela "macumba", quase aos berros, responde-lhe:

- Eu não vou esperar nem mais um segundo.

Volta-se para seus colegas e grita:

- Vamos embora, gente. Isso aqui é uma macumba pesada e eu acabei de ter a revelação que Deus vai destruir esse lugar e não vai demorar muito. Ele me disse que temos que sair rápido.

A essas alturas, o rebuliço já estava montado. Os dirigentes do ritual pararam e pediram aos médiuns que estavam sentados na primeira fila de cadeiras para resolverem o problema. Florisbela, quase em transe de ódio, começa a orar pedindo a Deus que derrote o diabo e todos os seus súditos ali presentes. Os médiuns seguram-na para retirarem a ingrata visitante do local. Ela começa a se debater. Os colegas vêm em sua defesa. Os que ali estavam assistindo pela primeira vez sem muita fé, não creem nem no ritual, nem em Florisbela, mas acham por bem não desacreditarem totalmente da profecia que a moça havia divulgado minutos antes de começar o pandemônio. Levantam-se e, tumultuosamente, correm para a saída. Gritos, cadeiras caindo, velas derrubadas, pedidos de socorro, tudo isso chama à atenção da vizinhança que liga para a polícia, que chega rapidamente ao local e leva todo mundo em cana.

Na delegacia, as explicações. O duro para o professor foi, sem incriminar a sua aluna, tentar explicar o fato de que um pequeno equívoco gerou todo aquele estardalhaço.

PROFESSORA, QUE BICHO É ESSE?

Um grupo de professores, após o término das aulas num colégio religioso do Rio de Janeiro, dirigia-se ao estacionamento para ir embora, quando viu uma correria no corredor: pessoas em disparada e algumas mulheres gritando de pavor. Os professores se assustaram e começaram a se perguntar o que estava acontecendo. De repente, viram um bicho parecido com rato, mas bem maior e com a cauda sem pelos e esbranquiçada. Em meio ao espanto e medo do grupo, a professora de Biologia, gritou: - Corram, corram! – Gritava e corria. Os demais, assustados, mas sem entrar em pânico, ficaram parados entre o medo do suposto rato e o escândalo da professora, que lhes pareceu exagerado. Ficaram embasbacados. A professora de Biologia, de longe, gritava:

> - Corre, gente! Este é um tipo de rato feroz e venenoso, derivado de uma mutação genética, provocada por uma experiência de laboratório que está sendo realizada nos Estados Unidos! Meu Deus, isso já chegou ao Brasil?! Ele vai morder vocês! Saiam daí, rápido.

Os professores ainda não se haviam recuperado do susto, quando o inspetor de alunos, com uma vassoura nas mãos, veio correndo para espantar o bicho e disse:

> -Toda noite é a mesma coisa, esses gambás invadem o colégio atrás do cheiro de comida da cantina. O pior é que fazem a maior sujeira! Eu queria matar esses bichos, mas o padre Zequinha não deixa...

O grupo começou a gargalhar. Ninguém conseguia parar de rir. A professora, obviamente, quando percebeu a gafe, deu no pé pela outra saída, de onde estava mais perto. Quando o grupo conseguiu parar de rir e olhou para o final do corredor, onde estava a professora histérica de Biologia, não viu mais ninguém. Ouviu-se, então, o ronco de um carro do outro lado e, quando os mestres se viraram, só puderam ver as lanternas traseiras do veículo da professora, que cantou pneus para se livrar da gozação.

O BARULHO CONSTRANGEDOR

Uma professora de Inglês, que fora contratada para dar aulas para os funcionários de uma conceituada empresa, apresentou-se às sete horas da manhã, muito bem vestida e com ares de mulher fina, de classe. Os funcionários, que haviam se inscrito para o curso, eram dez. Diretores, auxiliares, técnicos, todos integrados e dispostos a *to speak in english*. A aula transcorria naturalmente. Houve a conhecida apresentação das aulas de inglês: a professora se apresentou e pediu aos alunos que fizessem o mesmo. "My name is Moly, what's your name?" e cada um ia se apresentando nos moldes estabelecidos pela mestra. Terminadas as apresentações, a professora, seguindo o método que diz: primeiro se pronuncia, só depois se escreve, levantou-se dirigiu-se à lousa e começou a escrever: "My name is...", de repente, ouve-se um barulho que todos identificaram imediatamente como um pum, um ruído de flatulência. Identificaram, ainda, que o barulho vinha da professora, que enrubesceu, olhou para a turma – todos, muito constrangidos, olhavam para o chão, para fora da janela, para cima, enfim, desviavam seus olhares – e, completamente sem graça pelo ingrato barulho que deixara escapar, disse em bom português:

- Gente, só um minuto, vou tomar uma aguinha.

Saiu. A turma, que até então se comportava, sentindo, inclusive, certa dó da elegante moça, esperou um bom tempo, até que alguém falou:

- Acho que ela está no banheiro com diarreia.

As gargalhadas começaram e demoraram a parar. Alguém saiu da sala e foi verificar. O banheiro estava desocupado. O material que ela levara permanecia sobre a mesa, entretanto, a sua bolsa não. Ligaram para a portaria para saber se havia acontecido algo de extraordinário, nada. Perguntaram pela professora ao porteiro, que informou: -A moça que veio dar aula de inglês? Saiu sem dizer nada. Nunca mais viram essa *english's teacher*.

ESSE CARA É BOM!

Um professor bem idoso, muito perto de sua aposentadoria, era o retrato da calma e da tranquilidade. Todos o admiravam pelo seu vasto conhecimento em sua área: graduado em física, pós-graduado em físico-química, mestre em física nuclear e doutor em metafísica. Embora todos reconhecessem seus atributos na disciplina que ministrava, sabiam que sua memória não andava bem das pernas. Alunos que pegavam carona com ele precisavam avisá-lo para que ele trocasse a marcha do velho fusquinha que guiava: jogava a segunda e dela não saía mais. Não por ter medo de correr, mas porque se esquecia de trocar para a terceira marcha. Contam até que um dia marcou com a sua esposa na porta do supermercado. Dissera-lhe que fosse ao mercado fazer as compras do mês e lhe esperasse na porta às 18h, horário em que ele passava normalmente quando se dirigia a casa. A esposa assim o fez. Quando percebeu a aproximação do seu fusquinha inigualável, começou a pegar as bolsas que havia repousado no chão com as compras. Com quatro sacolas de compras nas mãos, percebeu que ele não reduzia a velocidade do automóvel. Ficou atônita e, só quando ele passou por ela, largou as sacolas e começou a gritar e acenar. Ele, obviamente, percebeu aquela mulher gritando, mas não a identificou como a sua mulher. Foi para casa. Uma hora depois, chega a mulher, que havia pagado um táxi, e, muito brava, diz:

> - Você não marcou comigo no mercado, Veras?! Me deixou plantada lá com as sacolas na mão e passou direto!

Ele, então, respondeu admirado:

> - Ah, então, era você gritando e pulando com os braços para cima?

Bem, nosso grande mestre, no auge de sua distração, preparou um gabarito para a correção das provas do primeiro bimestre. Elaborou o gabarito em uma prova em branco que sobrara das que distribuiu à turma. Na correção, esqueceu-se de que preparara o gabarito e o misturou às demais provas. O que aconteceu? Corrigiu o gabarito que havia feito. Não percebeu. Levou-o junto com as provas para a entrega das notas. Ia chamando aluno por aluno e entregando as provas corrigidas. As notas não estavam boas. Quando chegou ao gabarito, tentou ler o nome do aluno, mas não havia nome. Este era o gabarito e ele, logicamente, não preenchera o cabeçalho. Disse, então:

> - Esta prova, que foi a melhor nota da turma, não tem nome! Esse cara é bom, mas muito distraído, esqueceu-se de escrever o próprio nome na prova!

Um aluno abelhudo levantou-se para olhar a prova e tentar descobrir de quem era. Não havia nome, mas identificou a letra do professor, que era inconfundível e parecia a de um médico, disse:

> - Professor Veras, esta é a sua letra!

Ele olhou admirado e concluiu:

- É mesmo! Caramba! Misturei o gabarito com as provas de vocês.
O aluno não perdoou:
- Professor, você corrigiu o gabarito! E tirou 8,5!
A gargalhada só cessou dias depois. Toda vez que algum aluno se lembrava do fato, começava a rir sozinho como louco.

O QUE HOUVE, PROFESSOR? ESQUECI A CHAVE, RAPAZ!

O professor Martinho, bem conceituado na universidade em que lecionava, irritava-se muito com a falta de compromisso de alguns alunos. Queria sempre a participação e o comprometimento de 100% das turmas. Não admitia que um aluno cochilasse em suas aulas. Sair da sala em seu tempo de aula era imperdoável para ele. Dava broncas, discursos infindáveis, lições de moral, enfim, tratava seus alunos universitários como se fossem ainda do ensino fundamental. Como todos respeitavam a sua idade avançada e estimavam-no por sua preocupação com a formação dos discentes, aceitavam as broncas e não respondiam às repreensões.

Certa vez, no terceiro tempo da noite, o mestre deparou-se com um aluno, que, embora estivesse regularmente matriculado, não frequentara as aulas nos dois meses iniciais. Aquele era o seu primeiro dia de aula. Procurou o professor e disse-lhe que estava preocupado com o seu número de faltas. Perguntou se o professor não daria um jeitinho de abonar algumas ausências, que, diga-se de passagem, não foram sequer justificadas. O mestre ofendeu-se com aquela proposta, que para ele parecia completamente absurda, já que, a seu ver, o aluno não poderia ter sequer uma falta, o objetivo era o domínio completo da disciplina. Disse ao aluno que não só não retirava as faltas, como exigia que ele as compensasse, frequentando aulas extras para conseguir acompanhar a sua turma. O aluno aborreceu-se por, em seu ponto de vista, estar sendo tratado como criança e debateu com o nosso professor, que ficou muito nervoso e precisou ser levado à sala dos professores para que se acalmasse.

Passado o evento, os colegas constataram que nosso mestre já estava bem e permitiram-no ir embora. Entretanto, a cena do aluno rebelde não lhe saía da cabeça. Dirigiu-se a casa, retirou a chave da pasta. Enfiou-a na fechadura. Voltou à pasta, procurando a chave. Abaixou-se, apoiou a pasta no chão e fez uma varredura. Muito chateado, pegou o carro novamente e voltou à universidade. Quando chegou, o vigia admirado, pois o turno já havia se encerrado, perguntou:

- O que houve, mestre?

Ele, muito chateado, respondeu:

- Esqueci a chave de casa. Ainda tem alguém na coordenação?

O vigia disse que não havia mais ninguém. Ele, então, pediu que o vigia abrisse a sala para que ele procurasse a chave. Assim foi feito. Como não obteve sucesso, ligou para um chaveiro 24h e dirigiu-se à casa. Quando o chaveiro chegou, percebeu a distração e disse:

- Senhor, a chave está na porta!

Ele, nas raias da loucura, pediu milhões de desculpas, mas teve que pagar a visita do chaveiro.

A AULA QUE NÃO DEU CERTO

A aula de português transcorria normalmente, muito tranquila, quando o professor Rinaldo, fazendo uma demonstração dos aspectos sociais da língua portuguesa, afirmou:

- A língua tem poder.

Pronto! Bastou aquela afirmação para que os risinhos dessem início a uma série de gargalhadas. Um aluno, então, fazendo graça, perguntou:

- Professor, o que a língua pode fazer por nós

O professor, prontamente respondeu:

- Meu filho, a língua pode te levar ao cume.

Os alunos, já chorando de tanto que riam, põem lenha na fogueira. Um mais engraçadinho recita um poema de porta de banheiro público: "O vento no cume sopra, a brisa no cume molha, a estrela no cume guia...". O professor Rinaldo sabia que precisava controlar aquela baderna, mas não consegue se conter e dispara em gargalhadas junto com a turma.

Voltando a centrar-se, vai pedindo silêncio e conseguindo acalmar os alunos. Começa um discurso sério, falando da importância de não deixar as dúvidas para depois, sensibilizava os alunos para que dirimissem suas dúvidas em sala de aula, mas quando foi pronunciar a palavra dirimir, trocou as sílabas e disse "dimirir". Corrigiu, mas uma aluna, que estava gravando a aula, disse, brincando, que conseguira a sua aprovação com aquela prova de erro. Novas gargalhadas.

Acalmaram-se. Como se não bastasse tudo o que já havia acontecido naquela aula, o professor, após passar um exercício, caminha pela sala para verificar como estava o andamento, tropeça numa mochila e cai de joelhos. Um barulho imenso de carteiras se arrastando e o estrondo dos joelhos do professor Rinaldo no chão fizeram com que a aula, logicamente, acabasse ali.

ELAS NÃO TÊM CULPA, SÃO VÍTIMAS!

A socióloga Marinildes, após concurso público, foi encaminhada para lecionar em um colégio estadual de curso Normal. O grande contingente neste curso é formado por mulheres. Marinildes começaria a sua carreira de docente, ensinando futuras educadoras para o pensamento sociológico reflexivo. Estava feliz. Tudo ia muito bem. Notava algumas vezes certa animosidade entre as alunas, mas tudo se resolvia sempre com muito diálogo. Certo dia, duas alunas, que frequentaram o mesmo baile na noite anterior e se desentenderam lá por causa de uma paquera, começaram uma discussão em sala. Marinildes pensou que era coisa de adolescente e que acabaria logo. Pediu silêncio, mas a coisa foi se avolumando e envolvendo outras pessoas, até que a aluna que estava mais inflamada partiu pra cima da outra e os sopapos começaram. As alunas que não tinham nada a ver com o problema começaram a tomar partido de uma ou de outra das que brigavam. A briga se estendeu. Marinildes desesperada foi tentar separar, mas a briga já abrangia todas as alunas. Decidiu, então, correr, pois estava prevendo que se não saísse dali poderia ser envolvida nos tapas e puxões de cabelo. Correu, mas tropeçou: a sandália saiu do pé e ficou na sala, jogando Marinildes no corredor, catando cavacas. Voltou para pegar a sandália, mas a essa altura o calçado já fora parar muito longe da porta. Resolveu entrar correndo, pegar a sandália e sair rapidamente. Ledo engano. Quando entrou, ficou encurralada, pois a briga foi para a direção da porta, impedindo a saída. Marinildes, muito nervosa, começou a gritar. Um sapato vulcabrás voador calou-lhe a boca. Quis passar por debaixo da confusão. Foi o seu erro! Nunca tomara decisão tão equivocada. Como estava andando de quatro, as alunas não identificaram seu rosto, ou simplesmente aproveitaram a desculpa de não a terem identificado e surraram Marinildes, que como boa socióloga justificou o fato, dizendo que as alunas não tiveram culpa, a culpa era do meio. Disse que o problema era social e tinha enriquecido a sua experiência profissional. Que amor!

SOU DE AQUÁRIO

Naquela noite, o professor de Português, habituado com os alunos do curso de Administração, recebera a informação de que sua turma seria unida à de Direito, pois ambas estavam com poucos alunos e a universidade decidira juntar as turmas para economizar no salário do professor. Entretanto, nosso mestre Rosildo ainda tinha que dar graças a Deus, pois, na junção das turmas, um professor perderia seu emprego e, na escolha do professor que manteria a sua carga de aulas, ou seja, não teria o salário reduzido, já que todos nessa instituição de ensino superior eram horistas, seu nome fora sugerido por sua coordenadora, que revelava verdadeiro apreço por seu trabalho, e aceito pela coordenação acadêmica do campus – ressaltamos aqui a cultura do menos pior. Surge a desgraça, mas nela há que se ver que poderia ter sido bem pior – Sua turma, de repente, passou de 25 para 65 alunos. Ele, embora pensasse na quantidade de provas para corrigir, no controle de uma turma de 65 alunos, nas atividades criativas e motivadoras para ensinar sem enfado, ainda tinha que sorrir, agradecido a todos os superiores.

Bem, numa das aulas, em que sugeriu um trabalho para ser realizado por pequenos grupos, com apresentação, confronto e discussão ao final, uma aluna de Administração disse-lhe:

> - Ai, professor, isso vai ser sempre assim? Vamos ter que estudar com esse pessoal de outro curso? Eles falam muito! Não consigo nem pensar!

O professor, sem poder extravasar a sua insatisfação com a situação e não sabendo bem o que responder – pois tinha conhecimento de que a situação iria continuar, com certeza, daquele jeito ou pior – perguntou de que curso era a referida aluna, administração ou direito:

> - Você é de quê?

A aluna respondeu-lhe com cara de contrariada:

> - Sou de aquário!

O professor, sem poder conter o riso, disparou em gargalhadas. A aluna, quando percebeu a confusão que tinha feito, começou a rir também e, ao mesmo tempo em que ria, pedia insistentemente ao professor que não comentasse a gafe com ninguém.

UM ALUNO DE PESO

Num colégio de classe média alta, a professora de matemática tinha uma carga considerável na oitava série. Entrava às 7h e saía às 12h30min todos os dias, sem contar os demais colégios onde lecionava à tarde e à noite. Quando, na hora do recreio, entrava na sala dos professores, era visível a fadiga e o estresse que a acompanhavam diariamente.

Certa vez, entrou na turma 81, considerada a turma especial, formada por alunos cuja média nas disciplinas tinha que estar acima de 8,0. Esta turma era considerada a mais tranquila em temperamento e disciplina. Acreditava-se que, por serem alunos mais aplicados, eram também mais educados e respeitosos. Pois bem, nesse dia a professora Neila entrou em sala e avisou aos alunos que corrigiria a bateria de exercícios que há quinze dias havia passado. A maioria da turma contestou, deixando claro que ainda não havia feito as lições. A professora, então, diante do protesto dos alunos, argumentou que havia marcado a data para a correção e que estava em seu direito de cobrar os exercícios feitos. Disse que corrigiria sim e que anotaria os nomes dos que não fizeram, para descontar-lhes meio ponto da nota que tirassem na primeira prova. Os alunos rebelaram-se e, como fazem sempre, começaram a inventar um monte de histórias para jogar por terra a convicção da professora. Disseram que em outra turma ela havia dado um prazo maior; alegaram que eles estavam com atividades em excesso; tentaram amedrontá-la dizendo que reclamariam com a coordenação pedagógica, etc.

A professora, que já vinha carregando toda a tensão vivida na turma anterior, onde permanecera dando dois tempos seguidos e tivera vários problemas disciplinares na tentativa de dar a sua aula, disse-lhes:

- Olha, eu não estou acreditando que estou numa
turma de alunos especiais. A responsabilidade
não deveria ser uma constante aqui na 81?

Um aluno mais atrevido retrucou-lhe com a grosseria peculiar da adolescência:

-Professora, tá pensando que tá falando com os
seus filhos? Dá um tempo! Ninguém aqui tá a fim
de receber lição de moral não! Quer tirar ponto?
Tira logo e dá essa aula.

Neste momento, Neila sentiu-se destituída do seu papel de educadora e, por não esperar uma resposta como esta daquela turma, subiu-lhe a pressão. Sua ira aflorou pelo olhar fulminante com que mirava o tal aluno e disse:

- Olha aqui, aluno. Não estou falando com o meu filho
não, sabe por quê? Porque o meu filho tem educação e
responsabilidade com as suas obrigações. Se ele não
tivesse, eu não falaria, dar-lhe-ia umas boas palmadas,

que é, aliás, o que você está merecendo ganhar da sua
mãe para aprender a respeitar sua professora.
O menino não se intimidou, respondendo-lhe:
- Minha mãe não é nem louca de me bater. Agora, se a
senhora quiser, pode tentar!
A turma que estava silenciosa, atenta ao embate, emitiu um som
grave. Gritava uníssona:
- Porrada! Porrada! Porrada!
Neila, quase fora de controle, respirou fundo e mandou a seguinte
pérola:
- Só não vou lhe aplicar um corretivo porque você é um
aluno de peso.
Caro leitor, a turma veio abaixo. As gargalhadas eram ouvidas
em todas as salas e corredores do colégio. Acontece que esta frase
da professora gerou uma ambiguidade fabulosa: o aluno podia
ser de peso por pertencer à turma especial ou por ser obeso, já
que pesava entre 90 e 100 quilos.

O rapazinho sentiu-se extremamente ofendido e, sem esperar
o término das gargalhadas, retirou-se da sala e foi diretamente
para o banheiro, de onde, pelo celular, ligou para a mãe, que
chamou o pai e chegaram em pouco tempo à escola. Foram todos
reclamar da professora à coordenação, que ouviu os pais e o
aluno e chegou à conclusão que a professora perdera toda razão
com a frase que rotulara o aluno como gordo. Foi repreendida
por escrito e ficou na expectativa de receber intimação para
prestar esclarecimentos sobre o ato vexatório por que fez o aluno
passar. Graças a Deus, até hoje, não foi "processada" – palavra
muito usada por alunos dos ensinos médio e fundamental.

FAÇA UMA FRASE

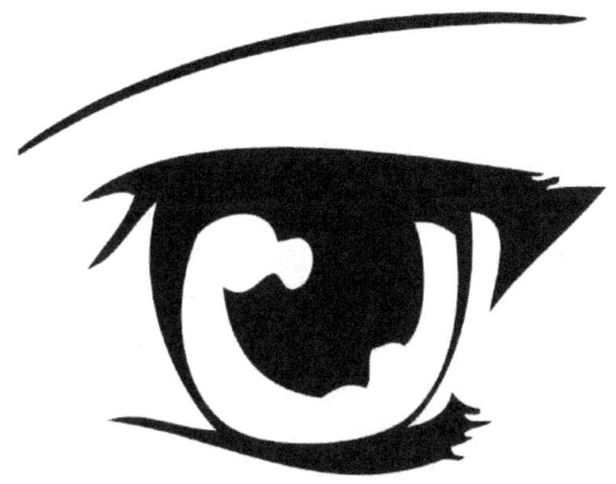

A aula de Português da professora Neandra estava acontecendo normalmente. Estava trabalhando análise sintática: construção de frases e identificação do sujeito. Sendo uma turma de quinta série, Neandra usava as palavras com bastante cuidado para ser clara e se fazer entender. Pediu, então, que os alunos, como tarefa de casa, desenvolvessem uma frase cujo núcleo do sujeito deveria ser a palavra "olhos".

Felipe, aluno muito disperso e tagarela, sem prestar atenção ao que dizia a professora, copiou em seu caderno a palavra "olho", no singular. Chegando a casa, depois do almoço, a mãe perguntou-lhe se havia dever de casa. Felipe respondeu-lhe que sim. Disse-lhe que a professora de Português passara um trabalho: tinha que formar uma frase. A mãe, zelosa em seu papel, deixou que o filho descansasse um pouco depois do almoço, assistisse um pouco à televisão e, em seguida, chamou-o para fazer o dever. Felipe não conseguia pensar em frases que pudessem conter a palavra olho. Tardava demasiadamente com o caderno na mão. O tempo passava e a mãe começou a estranhar. Perguntou-lhe por que não acabava logo com aquela lição. Qual era o problema. Felipe disse que estava sem ideia. Neste momento, seu pai entra em casa e presencia o questionamento da mãe. Pergunta o que estava acontecendo e a mãe responde-lhe que o menino estava demorando muito tempo para formar uma simples frase. O pai não dá muita importância ao fato e vai, cansado do trabalho, tirar a roupa e tomar um banho. A mulher, apressada para terminar de preparar a comida do marido, deixa Felipe na sala e retorna à cozinha. Os minutos passam e lá continua Felipe na mesma posição. Não lhe vinha nada à cabeça para contextualizar a ingrata palavra que a professora pedira como núcleo do sujeito. Identificar este núcleo ou criar frases, consciente de quem era o núcleo, Felipe até sabia, pois, sendo algo relativamente fácil, ele não tivera dificuldade para aprender. O negócio era aquela palavra – olho – palavrinha ingrata!

O pai, depois do banho, sentou-se à mesa para o jantar – já era noite – Após a comida, acomodou-se perto de Felipe e perguntou-lhe qual era a dificuldade. Felipe respondeu-lhe que precisava fazer uma frase com a palavra olho. Ele, então, riu e disse-lhe:

> - Oh, meu filho, papai vai lhe ajudar. Escreva aí – Os olhos da menina são belos.

Felipe discordou e disse ao pai:

> - Não, pai, não pode ser a palavra "olhos". Tem que ser "olho".

O pai ficou sem entender bem o porquê de a professora ter pedido uma frase com a palavra "olho", se todos nós temos dois olhos. Sugeriu, então, outra frase:

> - O olho do gato é verde.

Felipe, a essa altura, irritado por estar tanto tempo preso ao dever de casa, falou em voz mais "esclarecedora":

> -"Paiê", o gato não tem um olho só, né?; Tem dois. Eu não posso botar aqui que um olho do gato é verde!

O pai, irritando-se com a "burrice" da professora, explodiu:

-Então, escreve aí a frase "O olho do cu não enxerga" e leva pra essa maluca dessa sua professora!

A mãe ruborizou-se por ouvir aquilo na frente do menino e retirou-se da sala. Felipe retorcia-se às gargalhadas e, gaiato, escreveu mesmo a tal frase, mais porque já havia pensado nela e não tivera coragem de escrever tal disparate no caderno, que por levar a sério o que o pai lhe ditara.

Depois desse episódio, o pai ligou a tevê e deixou o filho sozinho com seu trabalho de casa, afinal, trabalhara o dia inteiro. Estava cansado e tinha direito de descansar, assistindo à sua programação favorita. Felipe adormeceu no sofá com o caderno por cima.

A mãe, que já havia arrumado a cozinha, retornou à sala e encontrou o menino dormindo. Pegou-lhe o caderno, fechou-o e conduziu Felipe meio sonambúlico à cama. No dia seguinte, o menino chegou ao colégio ainda bêbado de sono – era um tormento acordar tão cedo – e não se deu conta de que não apagara a frase escrita de brincadeira no dia anterior. Resultado: a professora pediu os cadernos para ler em voz alta as frases de cada aluno. O objetivo da atividade era fazer com que todos analisassem todas as frases e identificassem o núcleo do sujeito de cada uma. No momento em que começou a ler, Felipe lembrou-se da maldita frase. Começou a suar frio, constatou que fora ele mesmo quem havia copiado a palavra no singular. Tomou coragem e pediu o caderno de volta. Deu a desculpa que as frases lidas até aquele momento estavam muito superiores à sua. Pediu que a professora lhe entregasse o caderno para que ele fizesse outra num instantinho. A professora negou o pedido e disse que não queria nada artificial, queria tudo bem natural. Argumentou que a frase que ele fizera era o que ele tinha achado bom, o que tinha conseguido fazer.

Não teve jeito. Pela insistência de Felipe, Neandra pulou os demais cadernos e foi diretamente ao seu. Quando começou a ler, parou na palavra "olho". Arregalou os olhos para Felipe e conduziu-o pessoalmente à direção.

Obviamente, Felipe, mesmo falando a verdade, não conseguiu se livrar de um dia de suspensão. Ainda por cima perdeu ponto dobrado: um por não ter feito a frase, ou melhor, por sua frase não ter sido considerada; outro porque quando escrevera no dia anterior, pusera acento agudo na palavra "cu", que, segundo a regra de acentuação dos monossílabos, não é palavra acentuada.

Com razão, a professora, sendo de português, não poderia deixar esta grave falha de acentuação passar em branco.

EU VI O PROFESSOR!

Foi contratado no meio do ano para ministrar aulas de Física um professor bonitão, corpo sarado, pele bronzeada e que usava um brinquinho na orelha esquerda. Foi um verdadeiro furor entre as alunas. Os comentários sobre o professor Cássio não paravam. Era na sala, no pátio, nos banheiros, em todo lugar do colégio não se falava em outra coisa. Cássio provocava um verdadeiro *frisson* nas menininhas daquela escola.

Tudo caminhava dentro do normal: professores exercendo fascínio em alunas e despertando sonhos eróticos a cada vez que se põem de frente para a turma ou de costas, escrevendo no quadro.

Os meninos começaram a se irritar com aquela situação. Enciumados, iniciaram um processo de difamação do professor. Diziam que ele era meio estranho, usava até brinquinho! Todavia, nada do que diziam era considerado pelas meninas, o que os deixava mais irritados. Elas sabiam que se tratava de despeito, pois só tinham olhos para o professor de Física.

Numa manhã de segunda-feira, um aluno, decidido a dar a última cartada, apostou todas as fichas. Disse que estava caminhando no calçadão da praia da Barra da Tijuca, quando viu o professor Cássio, entrando numa boate gay, localizada no Posto 8, bem conhecida da população daquele bairro como o escândalo da praia – é impressionante, mas quanto maior o poder aquisitivo, o que deveria pressupor maior cultura, maior é o preconceito exercido contra as minorias – A notícia se espalhou rapidamente. Naquela mesma manhã, todo o colégio já sabia que o professor frequentava uma boate gay. Os comentários chegaram aos ouvidos da coordenação, que, tentando mostrar um liberalismo elegante, perguntou a Cássio, em meio a um bate-papo na hora do recreio, se ele já havia ido a uma boate gay. Cássio, também querendo mostrar-se liberal, disse que sim, que já tinha ido várias vezes. O coordenador, então, concluiu que não deveria tomar nenhuma providência contra os alunos, já que o próprio professor confessara frequentar boates gays.

Dois dias se passaram e, numa aula prática no laboratório, um aluno mais saidinho não se conteve e perguntou:
> - Cássio, é verdade que você estava naquela boate de viado ali no Posto 8?

Cássio surpreendeu-se com a pergunta inesperada e, irritado com o atrevimento, respondeu:
> - É, eu estava sim. Fui com o seu pai. Ele me levou porque eu não sabia como chegar.

O garoto foi motivo de chacota pelo resto do dia e, não aguentando mais a encarnação, foi fazer queixa à coordenação. O coordenador chamou Cássio para uma conversa, dizendo-lhe:
> -Professor, ninguém tem nada com a sua vida pessoal, mas você não precisa agredir o mundo pelo fato de ser

homossexual! Pra que agredir um aluno, só por ele ter perguntado se você tinha ido à boate gay? Você mesmo me disse que já foi várias vezes!

Cássio, atônito, ouvia o discurso falso do coordenador, que, ao mesmo tempo em que se mostrava liberal, defendia o aluno que tivera a audácia de perguntar sobre a vida pessoal do professor. Porém, quando este coordenador relatara que todo o colégio já estava sabendo da sua ida à boate, Cássio levantou-se e, muito sério, disse-lhe: Professor Dias, vá tomar no cu!

Cássio saiu do colégio, pois, não sendo gay, não poderia suportar os olhares de "que desperdício!" das menininhas e os dos meninos dizendo "boiola". Não conseguiria mesmo convencer o colégio inteiro. Mas uma lição ficou: às vezes, ser politicamente correto pode trazer problemas!

SOBRE O AUTOR

Ronaldo Gonçalves de Oliveira é professor de língua portuguesa e língua espanhola, formado pela UERJ, mestre pela UFRJ e doutor pela UERJ e Universidade de Coimbra. Transita num universo de distintas faixas etárias, convivendo com crianças e adolescentes dos Ensinos Fundamental e Médio e adultos do Ensino Superior e da EJAI. Paralelamente, tem seu trabalho de composição, canto, teatro e literatura há bastante tempo, tendo produzido seu primeiro CD, intitulado NA BOA, no ano de 2000, época em que começou a compor trilhas para musicais infanto-juvenis, como A mágica de ser feliz, O Rei Leão, Mogli, O Anjo sem Asas, Hércules, Stuart in Concert e O encontro da cadelinha Fifi.

A alquimia conseguida entre o bacharel em Letras e o músico resultou numa obra que, apesar do pouco tempo, já conta com dezenas de músicas compostas, que costuma chamar de MD - Música Direcionada, já que são músicas que têm objetivo específico: atrair, sensibilizar e persuadir; ou simplesmente ilustrar uma obra teatral. De qualquer forma, sua obra é sempre apreciada e elogiada por quem com ela se depara.

Mas não para por aí. Ronaldo ousou passear pelo teatro e escreveu algumas peças teatrais. Surge, a partir daí, o grupo TEAR – Teatro Espírita Amor e Arte – com os espetáculos musicais Eurípedes Barsanulfo: uma vida de doação, Mais vivo do que nunca, Fabiano: um apóstolo do bem, entre outros.

Hoje, atua na Educação de surdos, exercendo a sua docência neste viés da Educação especial. Forma parte de grupos de investigação acadêmica das universidades do Estado do Rio de Janeiro e de Coimbra, em Portugal.